Als Tante Agathe in den Wald sprang

-

Jack B. Smith

Für alle meine Onkels und Tanten
Die die noch sind und die die waren
Danke das ich euch hatte
und immer noch habe

Bei den Arbeiten zu diesem Buch wurden keine
Tanten noch Wälder verletzt!
Gemäß §3 Absatz B2/5 des
Tantenwälderschutzgesetzes

Herstellung und Verlag:
BoD – Books on Demand, Norderstedt

Bibliografische Information der Deutschen
Nationalbibliothek:

Die Deutsche Nationalbibliothek verzeichnet diese
Publikation in der Deutschen Nationalbibliografie;
detaillierte bibliografische Daten sind im Internet
über http://dnb.dnb.de abrufbar.

ISBN: 978-3-7494-5144-9

Als Tante Agathe in den Wald sprang,
war's unter anderem,
vor *allem* (?), aber *nicht nur* (!),
 ein grüner Vollmond.

Sonst hätte man sie *auch* kaum
durch die Fichten hechten gesehen.

Was man sich so an Nadeln sah,
auch das Einzige was nicht
an ihnen grün und Pflanze zu sein schien.

Und sie bellte dabei, auch weil's am Käse
so zu hoch am Himmel,
droben dort ein Leuchten war,
fast so blaugrüngeschimelt,
wie der Wald am Licht von demselben lag selbst
nichts davon wusste.

Verdutzt stand der Uhu am Ast und äpfelte sich
seine schwarzglitzernenden Augen
aus deren Wiegen.

Wie ein Tenor am Gehstock, der für den Ton in
ihm zu groß, aber für die Natur an sich zu Richtig
war, blickte er auf die Königsdame, die wie ein
ausser Kontrolle geratener Helikopter sich von Ort
zu Ort darum-manövrierte.

Fünf Sätze in die Eine und eine nicht gleiche Zahl in eine andere (NICHT allgemeine!?) *-aus fremdverantwortungsschweren Gründen hier nicht näher angeführte-* Richtung die in sich kein Streichkonzert noch eine Oper abgaben, nicht mal für den Besehenden hoch droben.

Er spielte sich darüber ein tiefes, in sich tiefer fragendes **Schuhu** wie eine Kröte an.

Das aber eben, trotz der Töne, ihm auch nicht vollkommen bewussten, seiner **naturgemäßen Schuldhaftigkeit** gemäßen (*Begründugen nach des Offensichtlichen*), von einem gefederten Eulentier stammten.

Durch den nächtlichen Schildkrötenungleichen Gast aber Starr wie Spiegellos als Fleck am Baum sich hang' und aus dem vorgestellten sich keinen Kinderreim machen mochte konnte.

Bube, Bube was war das wieder, Tante Agathe für ein Brief gewesen der dich aus deinen Rock in den Wald springen lies?

Als ob's eine Sichel wär' und der Mond,
sich mit dem was in ihrem Kopf so Vollmond war,
sich verquapt hatte hätte (!), und
nun zu einer eben solchen zerborsten wart.

Feder, Glitsch, auch Chitin
ebenso das Pflanzenblum, sahen sich
unweigerlich etwas gegenüber dessen
sie nicht Buch (_falls jene je das lesen gelernt
haben hätten können_) werden konnten.

Noch groß noch klein, weil keiner (?)
sich mit Nervenzusammenbrüchen
derarten auskannten konnte.

Alle wollten eigentlich **dort** fortspringen
_so_ fort auch fliegen.
Was war es nicht alles,
sie hielten an solch Stelle
wie irgend (_oder s'on andrer Baum_) Ficht
sowie auch (**nicht nur!**) dort am Moos.

Jeder Art an seiner Stelle blieb gar sitzend,
nicht nur auch mitunter vom Pflanzenglanz,
der an und für aus Agathe schien zu scheinen,
was auch blendend in die Geblendeten blitzte.

Nun flötete die Tante noch freiwillig aus Liedern,
die nie (**!!!!**)
je
jemals
jemand
je
zu jezeiten
je
angejemalst haben hätte können sollen wollen.

Sie bellte nun nicht mehr,
(was ein Fortschritt war)
...glaubten die Betrachter...
wenn man sie glauben gelernt
haben hätte können.

Weil eben auch (**&**) noch nie Keiner
wusste wissen konnte,
an was da zu glauben sein sollte
könnte würde,
(*was dort derart dort an jener dieser Vorstellung*)
an sich **zu** diesen

zu sehr viel **<u>ZU</u>**
nichtwalden Taten tät.

Die Kröte und jener jeder andere Glitsch sahen es,
was so noch sprang
(*jedoch zu nicht direkt
indirekt mehr
wirklich Agahte war*),
als etwas indirekt
viel zu direkt Majesätisches an.

Als ob man Krone an sie gelegt,
durch das was sie nun in sich darstellte.

Weil sie eben sprang mit Sprung.

Da sie jedoch gerade nur zurzeit flötete,
spürte der Uhu total mit sich (<u>auch</u>)
unverklebt, seinen Spiegel fast nicht mehr...

indirekt mit sich gefunden.

Und so war es ihnen allen eigentlich,
fast bei ihrer Einseitigkeit an Einsicht der
Ansicht,
auch fast gleich Uneinseitig uneins
beim derart dort unfreiwillig zu Betrachtenden.

Sie jedoch floss in ihrem Springen nun,
durch in „Hey!!!"
   *- wenn selbiges in Sprache sprach was in
Gedanken zu denken gedacht werde würde
können-*
einer verbosten achtbeinigen
Chitin die gerade ins Mondlicht
das Nichtbadezimmer nichtpink
(mit anderer (?) und nicht dieser Häckelung!)
neu beziehen wollte versuchte.
Nun war Agathe weder Flöte,
noch Kröte noch Bello,
beschloss aber als Fisch
hier fort zu wohnen.
Hätte man Hände wären sie in
Lichtgeschwindigkeit, falls möglich klatschend,
dem Offensichtlichsten geschuldet,
an Stirnen zerschossen.

Da man eben jenes evolutionär bedingt
gern vermied (*auch wegen einer anderen
Begründung gern in sich,
oder auch an sich nach Berechtigung
für den Eizelnen nach nachging*),
folgerte man daraus ein Klatschen aus
offensichtlicher, selbst nicht verschuldeter
Unfähigkeit eben doch auch zu vermeiden.

Sie blubbte nun,
sie zappelte eben
frisch wie ein Fisch
den man auf Moos
gehängt hatte hätte
können, wären dort
Hacken hängen möglich
vorgesehen gewesen,
weils ja doch am Grunde
 war und nicht am Holze.

Ein alter Waldgeist wurd wach aus jahrhunderten
Schlaf, wollte die Thekla Nixe fragen
 was zu tun sei, mit dem Fall vom nicht nur Knall.

Beschloss aber, wegen gekündigtem Handyvertag
            und der zu spätgrünen Stunden selbiges
        zu unterlassen, sowie Selbige lieber nicht zu
                                        beklingeln
(*weitere Begründe hierfür
genügtem ihm wenn er sie noch Grün anders wusste*).

            Er wusste warum er schlief,
        auch sie und das sollte man nicht aus
            trockenfischen Agathengründen,
unter gegebenen Umständen auch so belassen.

Menschen gehörten nicht in Wälder noch in anderen Naturen schnaubten und Grunzten seine Nüstern die aber Weißbart waren und er stieß an mit roter Mützen am Türstock.

) Warum war er höher aber nicht breiter? (

Was bei Geistern sonst so lief beim schlief.

Umgewandt und ein
  „Was soll das Ruhnicht sondern Störgeblubb?!"
                                ans Uhutier gewandt
„Schuhu!"

                    was Antwort kam befriedete an
                              Waldgeistgedulde,
                              nicht in kaum.
Vergas' doch das Mann
 das nicht vom Spatz gelernten Sang,
nicht an Eulensang zu hören ihm nun erlaubt war,
was in ihrer Sprache Klang.

„Ah ja...Meine Socken ebenso!"
gabs gähnen das Zipfelmännchen wieder und bückte sich um Türe zu schließen, auch wieder in tiefem Stumpf zu schlummern ohne Schnarchen mit (!) bemühen.

Jemand müsse wohl doch gar mehr tun an
Agahtes Fischgestalt.

Aber wer der Anwesenden sei dafür zu
Zustädigkeit angewiesen bereit an Ausbildung?

Offiziell war es infoffiziell eigentlich der der am
meisten von Forellen und Heringsmakrelen und
Blauseiblingen und Rotbacktiefbarschen und auch
hoch

Norostsüdchinesischen
Großschwarzfischreipiraterieobermaats-
kajütenkistenschachtelschlüssel-
schmiedenfrauenpsychologen-
architenktenzahnbürstendomteurtrainer-
praktikantenbäckern
und dergleichen
(#ganz oder mehr direkt sehr an Ähnlichkeit
verfallenem!)
nicht in absehbar zwingender
(#oder auch direkt doch!)
Reihenfolge zumindest mindest drei Tage
ausgebildet werden sich verpflichtet
haben könnte...

...also keiner.

Was das Wahrscheinlichste zu solcher Besitz an Befugnis hin gewesen zu sein schien, war eventuell vieleicht und so, zu sehr Fisch (*was aber nichts am Umstande des Zustandes änderte einer solchen Ausbildung nicht habhaft geworden sein zu können wollen sollen*) auf dem **-mit sich-**
um sich der Schwere an der Zuständig zu befühlen wollen können sollte.

Was aber unter dem Umstande des Vielleicht auch nicht der Inhalt des Briefes war, der bis dato immer noch nie geklärt geworden sein war wollte sollte.

Weil Agathe keinen der unfreiwillig Anwesenden, die der Sprache unverständlich von selbst nicht Besitzer einer solchen waren noch sie zu lernen bereit sein konnten, es in ihrem geraden
(*MIT SICH MOMENTAN ZU UNGERICHTETEN*)
jenes auch je in anderer sowie dieser Art und Weise je freiwillig Vortragen würde wollte.

Weil es ja eigentlich auch nicht mehr oder weniger mal verboten war, auch zudem in einem Prozentpunkt darüber Recht an Sinn nicht erfüllt war, Waldtieren so etwas anzubringen oder ihnen bei nicht erkennbarer Bereitschaft diesen Gegenstand näher zu vermitteln.

Vom Blubben gestört

(auch wohl gerade deshalb

-oder vielleicht nie in einer momentan anderen-

*auch nicht mehr direkt nachzuweisen angemeldeten
Begründung nach)*

lies das Eichhörnchen

*(keiner direkt an es gerichteten Aufforderung folgernd,
noch eigentlich gleich vergessend warum es das tat)*

eine offiziell nicht gekennzeichnete
Zugnuss fallen.

Was wohl in sich bereit zu sein sich nie erklärt
hatte eine Zugnuss zu sein,

-da Agahte von selbiger zur Heiligstkeit herrührt gestreichelt-

sich just in einen solchen zur offiziellen halben

Unvollgänze auch hergab.

Gefragt hatte das Eichhörnchen das aber nicht,
weil das diese sonst auch nie machen würden
sollte können,
was keiner der da Anwesenden je bestritten haben
können sollte...

...oder zur anders glänzenden Gänze
manchmal indirekt bestätigend ergänzte.

Sie machte zur ganzen Halben ein
„Tschutschu!"
und fing nun an zu schwimmen.

(Auch wenn sie kein Luftzugfisch war, währe jeder der dazu geborenen, wohl an Eifersucht in Ehrfurcht durch die Luft gedampft zerschwommen vor dem dar dargestellten Stellung)

Man hätte sie,
falls je in anderer oder dieser Weise an sich oder auch nie bekannt vorhandenenen Betrachtungen,
für ihre Darbietung
zur Luftzufischpräsidentin Gewählt!!!

Auch obwohl und/oder/auch gerade weil sie auch eine rüstige Agahte war und normalerweise Briefe gerne las.

Also bisher,
(was sie sich im Zustande des Umstandes nicht vornehmen konnte wollte sollte),
falls jedoch sie sämtliche Arten und Formen
die man so an sie legte
*(in allen Stadien einer noch nie bekannten, oder auch je Bereit zu werden wollenden/
sich zu erfinden wagenden Kunst)*
wieder losgeworden verreisen würden,
in Zukunft zu vermeiden suchte.

Es gerade nahm jedoch noch manch inoffizielles
Unpraktisches an sich,
zu viel der halben viertelten
geachtelten Teezeit oder so,
viel zu gerne für sich in Anspruch.

Normal war sie auch eine Häklerin!!!!!!

Heute aber war sie schon Froschhund bis viel
Luftzugfisch gewesen.
War aber
(aus angemeldeter unfreiwilliger Bereitschaft)
sich nicht vollkommen an sich schlüssig,
was an sich man sie noch legen
sollte wollte konnte,
wenn man es bereit zu sein werden würde.

So viel Spaß, fiel ihr gerade ein,
(als sie zwischen Zisch und Tüt so Lücken
- also den dampfenden Dingen die da nicht waren-
fand)
hatte sie seit
Horst, Erwin und dem Egon
noch nie nicht mehr lange auch mehr gehabt.

Lang ist's her,
beschloss aber im gleichen Zug
(ohne Fahrkarte dafür sowas!),

sich
(in ihrer neueren Form dort da wieder hinzufahren)
ihrer vervollkommnender unfreigewilligten
Aufmerksamkeit anzutun.

Vielleicht weil sie gerade eben auch glaubte selbst
einer zu sein

*(wobei sie jedoch auch ihre
Bereitschaft nur alleine zum Fisch
jedoch noch nie wirklich
beantragt hatte).*

Manche Leute
(glaubte sie jetzt nicht nur schon nicht mehr),

sollten mehr von sich mit ihr zu Besuchen und
Butterbrezeln bringen anstatt ihr
Luftfischzugatteste auszustellen,
mit ihr damit dann die Bereitschaft zu wecken mit
ihr die Näher bewaldete Umgebung zu erfreuen.

**Ach ja, dabei legte sie noch Ordentlich die
Kohlen in die Kiemen.**

Es dampfte in dieser Sternenklaren Nacht
-um zu Brodeln bereit gestellt zu sein-
wohl immer noch zu wenig.

Wobei das einer nicht mit einer solchen Umständigen Agahte vorbereiteten lauen lichten Sommernacht für sich jegliche Schuld auch von sich wies und auch bis heute leugnen musste würde wollte.

Doch Grün wars dort und Mond war's auch und so schob man auf's Grün und nicht auf Mond und Nacht diese Schuld ebenso wenig wie auf den Wald wo die Tante eben ihre Gleise und auch die Blasen nicht findend sich vorstellen bereit genötigt werden musste durfte.

Sie Stoppte und Blubberte vor sich zum Einstieg mit sich Bereit geworden zu werden und bei Abfahrt zur Vorsicht um Unfälle gleich welcher Art, ausgenommen solchen Briefe die man an sie schrieb und die Dinge die in
§2435,34 Absatz 12,27 bis
§87645,82-4 Absatz Lutz 3,5 Beta Bahnsteig
der nicht verallgemeinert
Allgemein International gültigen
Luftfischzugattestausstellerunternehmervorstands-
drehstuhlproduzentennagellakiererkindergärterin-
HNO-Ärzteempfangsdamenmanikürverordnung
so stand.

Alles andere hielt sie momentan für mehr oder weniger,
je nachdem ob gerade der Ostern-Schaffner Schwangerschaft an seine Frau führte oder nicht,
für vollkommen (🚌 **?** 🚲 **!** **#**) it sich berechtigt.

Denn es war nun Urlaub um Agathe geworden,
der Strand wart dort wo sie hingereist war musste sollte,
mit sich.

Sie setzte so bereit einen Sommerhut auf
(WAS SIE SO FÜR HÜTE MIT SICH HIELT),
damit die hustend grüne Gänseblüm,
das Stechen verbieten werden musste.

Hach am Strand war's in mit sich so schön an Agahte.

So schwamm sie fort und beschloss nun auch als Fisch mit sich zu schwimmen und den Zug mit aller Nichtlorbeer eingekrantztem Tschutschublubehren in Ferien zu setzen,
weil's da warten sollt um ihr das Fischindieseefreienaturstechding noch viel zu vereinfachen wollte an mit sich.

Man wusst' nun auch nicht mehr,
(oder wusste es eigentlich
vielmehr auch noch nie
mehr bis daher dieser und
dergleichen Szenenzeigen),
wer solch wunderschöne Speisekartenbriefe
zu ihr ihm von wem auch immer schrieb.

JA, am Strand war's warmer schöner Sommer
und auch vor allem und nicht nur
sehr wohliger Sandmeerstrand.
Fand
- wo sie und was sie auch gerade immer war-
zumindest Agathe.

Also bis hierher,
wo sie ihre Reise momentan und vor allem bis auf weiteres,
doch nicht nur auch sehr her führte.

Beschlossen war's im Urlaub sein und auch am
Strandbar sich ein Glas zu heben.

Denn sie durfte (*was sie sich in ihrem Fischferien*
an Erlaubnis selbstverständlich auch machte).

Der Uhu bemerkte beim ersten Glas das Agahte in sich hob,

das ihn doch schon
(falls ihm das anzudichten sei),
wieder sehr zur Verwunderung gereichten
Kopfgedrehten fragenden

„Schuhu?!".

Herr Glitsch im Gras quakte seicht,
ein mit sich abschließendes,
(auch dem Vorgesstellten
fragwürdig findenden)
Unkenbeschweren an,
um den nie verlangten doch zu hohen

-FALLS JEMALS JE VERLANGTEN-

(Viellicht ja nicht hier sondern wo anders)

Eintrittspreisen zu diesem
(doch schon sehr massiv
ausverkaufswürdigen Vorstellung)
des ihm nicht offensichtlich
zu Erklärendem,
beschweren.
Glitsche sehen so was,
doch an sich zu sehr selten mit sich, an dem Orte
wo sie normalerweise zu sein pflegen.

Dann Klingelte schnurrend es an Agathes
Schuppen.

Es war das Samtefon des Zugabteiles,
in dem sie geplant zu Nächtigten nie vor zu haben
gedacht hatten konnte vor dieser Nacht...

...aber da sie das Zimmer
ja seither Brief gebucht hatte,
war's schöner Urlaub.

Bis hierher.

Weil am anderen Ende der Nachtportier war,
auch bemerkte welch Venus,
nicht Fisch auch Agathe mit sich
in der da dieser See zu pflegen war.

Weil man im Urlaub auch Muschel sein durfte,
auch des Nachtportiers der dorten in sich sehr
Venus an sie legte,

mit sich so bei ihr Anrief
beschloss die Tante nun
eine Perle in einer Auster zu werden.

Und ums Abzurunden am Strand das Ganze zu
vollziehen und lud den behütetenden Klingler und
ehrenwert unfreiwilligen Venusernenner ebenso
nach ihrer Schalenstadt ins Zugabteil mit sich ein.

Beide waren ganz salzig mit sich und beaugten in zweier muschelhafter Zugabteilweise den Untergang hinter dem Strande.

Heulend war's der Käfer Stand hoch und Agahte erlebte seit Horst und Erwin wieder echte Gefühle mit dem was sie da so für einen Portier an sich hielt.

Einen Echten hatte sie noch nie seit dem da
(nur immer die Falschen von der abgelaufenen MHD).

Nein!

Dieser hier war frei Frisch fromm fröhlich mit ihr.

Sie lachten gemeinsam und er machte ihr nicht vor vier sogar einen Antrag auf kostenlose Schokotafeln auf dem Zugabteilkissen.

Ach ganz kniend war's ihm für Agathes Augen her und auch ihr wurd's das ebenso aus tiefstem Herzen der echten wahren Liebe.

Beide freuten sich gar sehr und Kippten noch ein Paar an der Bar damit es ihnen auch und vor allem, aber selbige fand zu Fairness nicht nur, Agahte mit jedem Glas immer noch schöner war.

Seit damals am alten anderen Travermünder,
hatte sie noch nie so einen
Kaffefahrtschnappsvertreterorganisator bei sich
zur Fröhlichkeit verführt gesehen.

Ach diese Nacht.

Die war noch Jung und Agahte beschloss nun
noch Vogel zu versuchen was da an der
Getränkekarte für sie so Feder im Glas war und
strich nach Westen mit dem Mistral.

Sie sagte ihm
(wie eben zu damals oder mal jemals
auch ihrem alten Emilegongatten)
er sollte kein Ächzen in die Binden Kippen
sondern sie gefälligst nach Trinidat tragen!

Weil sie jetzt als Vogel war und der doch zu
einfach leicht im Aufwind getragen werden durfte.

Der Hustete,
legte noch einige Fallwinde in die Steigbügel
und so wurd's ihm viel Leichter,
was Agathe deutlich bemerkte
an ihrem Steig von oben so sehr her.

Ganz flog war's ihr über diese Lande bis nach Panama,
wo sie die Ausfahrt der dreiviertelten
Quarkyoghurte nahm...

...Maracuja und nicht Schoko!

Weil der nur für Überbreiten gebaut wart
und nicht für federleichte Vogeltanten.

Jene vom Maracuja,
waren in Mühe Vorreserviert an Orten die zwar
Agathe nie gesehen
oder kennen zu lernen pflegte,
aber ihr jetzt ganz Spontan
in Realer Erinnerung
trafen auf alles andere in Trinidat.

An jenen Orten die vor Fünf nicht aufschlossen
und sich vor siebzehn Uhr nicht Feierabend zu
machen trauten.

DAS WAR EBEN ECHTES RECHTES TRINIDAT!

Ach ja dieser Urlaub dort im Mistral,
der mit dem Nachtportier
in Normalstand zwar ein Verhältnis Pflegte,
was der Tante gerade
in den Sinn trat aber selbiges nie herausfinden durfte.

Sonst würde sie im Sauerland sein,
    auch nie nach Trinidat verladen werden würde,
vom fallwindsteiggebügelt unterstützten Mistral.

Der aber mit einem falschen schwarzen Hasen
verheiratet zu Pflegen durfte,
                dieser aber wegen eines chronischen
        Bandscheibenvorfalls geschuldeten Unfähigkeit
                    die Ehepflichten nicht mehr
                    mit Mistral ausführen konnte,
so tat Agathe das Wind
doch auch eine Träne wert leid.

                    Sie war doch immer noch,
wenn sie nicht irgendwas anderes
gerade aus Briefgründen war,
    ein sehr mitfühlender Mensch normalerweise.

Und   vor   allem   mit Winden fühlte sie mit,
weil   das   ja   die   wahren   Menschen   sind.

Waren sie schon immer für sie,
        gleich nach allem anderen Gästen
        aus Zugabteilen des Luftfischzuges,
                    ihre Lieblingslieblinge.

Ach wie sehr sie doch die Cordula vermisste.

- Cordula?! Wer zum Geier ist Cordula?! -

Im Landeanflug dachte sie
zurück an sie und ihr Bridgespiel,
das sie nie zu Pflegen wagte.

**Gehäkelt wurde aber
auch nicht viel-
der Fairness wegen.**

Denn das war für beide
immer noch der
beste Sportkanononenknall.

Man hatte sich ja nachdem man,
～ ♩ ⅋ ⌒‿⇌ () 🚓 ? ⊘ ✒☐🐀
⌒✳❤ UND⌒≒
✕↘ ∘ **dem**∪～✳ √t∘ ～ ∘
⌒‿···· Rotbackenpfeifdrüsling ♮ ‴ ü⅋

⅋ ♮ 干 ⌒····unter～ ⇌ ···· √ä

⟅····t‿**Hummerkrabbenfederhut**‴ Ĝ,
irgendwann doch auch
auf etwas nettes normal gemeinsames geeinigt.

Agathe bemühte sich seit dreiviertel Erwin ein
vorbildlicher Hotelgast auf Gleisen und auch mit
Federn zu sein.

AUF SCHUPPEN KOMM RAUS!

Denn die sind nach wie immer von der
Hotelrezeption Umbegestellt!

Nun landete sie

-laut dem Mistral applaudierend-

in Trinidat.

Gezirpe vom Grillenpersonal des Flughafens,

*-der offiziell/inoffiziell Keiner zu keinem Zeitpunkt
einer war und auch vor allem nicht Teil von
irgendeiner artverwandten Vorhabung beabsichtigten
Vorhaben wie an allem artgleich beinhaltenden
beeinträchtigter Gegend werden würde-*

aussenrum wiesen nicht der landenden Schachtel
sowie dem beklatschtem Gepuste der selbigen
aus offensichtlichen Gründen keinerlei Falscher
noch Richtiger welcher Parkposition zu.

Was Agathe sehr begrüßte,
war auch die Abfertigung
 ihres nichtmitgeführtem Gepäcks,
und erst des anderen!

Sie musste unbedingt noch zum Duty Free!

Ach sie war so aufgeregt endlich wieder in
Trinidat zu sein wo sie schon immer mal doch
nicht indirekt hinwollte.

Beeugendes aus unendlichen Facetten der Umsurrenden dort wo Agathe den Tower vermutete,
was an sich praktisch im Sinne der Überschauung des Flugverkehrs wäre aber aus wie schon bekannten Gründen nie bereit war in die Tat umzusetzen gedacht gewesen einer zu sein,
sahen den Schauspielen der Tante mit den Zirpenden als Grillen und den Surrenden als Mücken teilanteilnahmslos zu.

Was war Trinidat Modern!

Und das Freundliche Personal erst!

Ach Urlaub und Weltreisen sind was schönes,
beschloss noch ein Nashorn oder so zu sein,
und wohnt ab heute dort.
Ende...
...ich hör jetzt hier auf,
weil ich kann nicht mehr.

Und Leute...stellt euch bitte nicht vor was die Alte da im Wald treibt!!!!

„Was stand jetzt eigentlich in dem Brief?"
Ähm... Genug...

●